MARCEAU

OU

LES ENFANTS DE LA RÉPUBLIQUE

Poëme Lyrique en 5 actes

POÉSIE

DU DOCTEUR GAVIOLI

MUSIQUE

DE A. SPINAZZI

PRIX : 1 FRANC

ALGER
IMPRIMERIE STRUBHARD, RUE ROVIGO, 17
1879

MARCEAU

OU

LES ENFANTS DE LA RÉPUBLIQUE

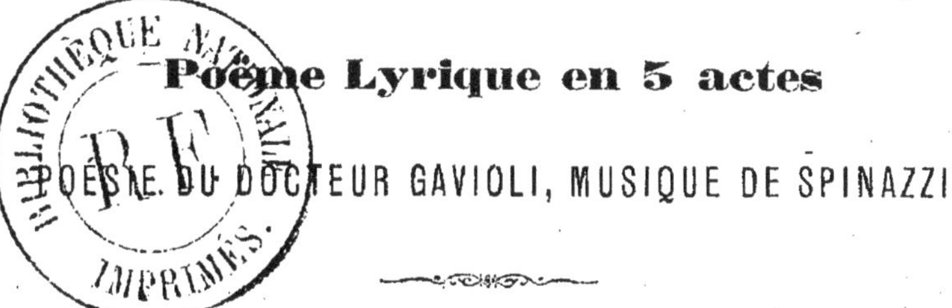

Poème Lyrique en 5 actes

POÉSIE DU DOCTEUR GAVIOLI, MUSIQUE DE SPINAZZI

PERSONNAGES

MARCEAU	Ténor.
L'ABBÉ PASCAL	Baryton.
KLÉBER	Basse.
BEAUGENCY	Ténor léger.
FAUVEL	Basse.
LE MARQUIS DE BEAULIEU	Basse.
GENEVIÈVE	Chanteuse légère.
BOURETTE	Forte chanteuse.
UN VOLONTAIRE PARISIEN	Dugazon.
UN GARDIEN DE PRISON.	

Peuple et soldats français

ALGER

IMPRIMERIE STRUBHARD, RUE ROVIGO, 17

1879

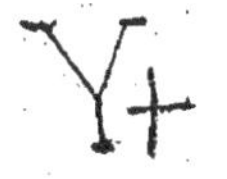

ACTE PREMIER

SCÈNE PREMIÈRE

(Au fond de la scène, le Champ de Mars avec l'autel de la Patrie tel qu'il était lors de la Fédération, couvert d'une toile, Au devant, l'intérieur d'une tente en toile grise servant de cabaret avec une porte au fond et une de chaque côté, plusieurs tables avec des bancs de bois. Le peuple entre par la porte du fond portant des instruments de terrassiers).

CHOEUR

Nous sommes des travailleurs,
Serviteurs de la patrie ;
Aujourd'hui, tout nous convie,
A punir les grands seigneurs.

Allons à boire, hôtesse,
Donnez-nous du bon vin,
Pour chasser la paresse
Que l'on a le matin.

(Bourette entre par la porte de gauche habillée en cantinière, avec une carafe et des verres à la main et donne à boire au peuple. Un Volontaire parisien entre en même temps par la porte de droite et chante; le peuple boit et puis la cantinière chante et ensuite l'on chante ensemble).

LE VOLONTAIRE

Je suis un soldat volontaire,
Au service de la nation ;
Je vous le dirai, pour vous plaire,
Je suis de la Constitution.

Quand nous serons à la guerre,
Nous aurons de la valeur ;
L'on verra tomber a terre,
L'ennemi par la terreur.

BOURETTE

Je suis la cantinière,
Je sers le régiment ;
Je suivrai la bannière
Fidèle à mon serment.

Au combat je serai leste
Pour soulager le gûerrier ;
Sa valeur, flamme céleste,
Le fera toujours briller.

CHOEUR

Nous serons tous aux combats
Vrais champions de notre France,
Marchons donc avec constance ;
A mort les traitres soldats !

(Ils répètent tous ensemble le dernier couplet et sortent).

SCÈNE DEUXIÈME

(Marceau et l'abbé Pascal entrent)

MARCEAU, à la Cantinière

Pour la patrie et la gloire,
Nous venons de travailler ;
Donnez-nous du vin à boire,
C'est pour nous désaltérer.

(A l'abbé Pascal

Dans la céleste prière
Vous trouvez votre bonheur ;
C'est une triste carrière,
Source de sombre douleur.

L'ABBÉ PASCAL

J'étais pur encore,
Un jour dans les bois,
Au point de l'aurore
Où j'allais parfois,
Une demoiselle,
Née de l'amour,
Noble chaste et belle,
Etait là ce jour.

Je vis sur son visage
Le sceau de la candeur ;
Et mon cœur hélas, peu sage
Pressentit son malheur.

Je l'aime dès cet instant,
J'aimerai toute ma vie
Cet ange d'amour charmant ;
Ah ! jamais je ne l'oublie,
L'instant passé près de toi ;
A cause de ta noblesse
Je me fis prêtre et de toi,
Je suis homme sans faiblesse,
Je veux t'aimer pour toujours,
Pour toi, pour Dieu mes amours.

MARCEAU

Avec une âme sublime
Que vous avez citoyen,
Pourquoi tomber dans l'abîme
D'un si malheureux moyen ?
Pourquoi choisir la carrière
Qui vous enlevait l'espoir ?

L'ABBÉ PASCAL

J'ai cherché dans la prière
La paix qui vient du devoir.

MARCEAU

Aussi d'une patricienne,
Vierge, pure, au cœur aimant,
Il a fallu que je m'éprenne
Pour mon plus cruel tourment.

J'allais errant, sans pensée,
Par une belle journée,
Quand soudain sur mon passage
Je vis d'un ange l'image.

A genoux, près d'un enfant,
Une noble sans fierté,
Etait là, le caressant,
Cette fleur de pureté.

Auprès d'elle, étant chasseur,
Je fis halte, pour lui dire:
Pour l'amour c'est un bonheur
Avoir de vous un sourire.

L'entretien fut silencieux,
Mais un regard de ces beaux yeux
Me fit voir la céleste ivresse
D'un cœur aimant dans sa tendresse;
Et je suis fier depuis ce jour
De vivre pour son chaste amour.

Je porte toujours sur moi
Le gage de sa promesse;
Elle m'a donné sa foi
D'abandonner la noblesse:
Je vis de la foi jurée.
Elle tient pour souvenir
La rose de fiancée;
Pour elle je veux mourir.

ENSEMBLE

Nous avons la même histoire
Que nous firent nos amours;
Marchons alors pour la gloire,
Marchons, marchons et toujours.

Marchons pour la liberté
Et pour l'amour de nos dames;
Que par l'amour de nos âmes
Naisse la fraternité.

(Ils répètent).

SCÈNE TROISIÈME

KLÉBER entrant, à Marceau

Je viens de subir un tenson
Avec un grossier personnage;
Je vais le punir, ce félon,
Nous allons voir son courage.

MARCEAU

Je suis ton premier parrain,
Toujours prêt à la besogne;
Mais je veux te voir sans hogne
Te confiant a ta main.

LE VOLONTAIRE PARISIEN, *entrant*

Seigneur, je fais mes armes,
Je voudrais voir des larmes.
Dresser ma main au sang,
Etant alors de rang,
A saisir en un bond
L'épée du guerrier.
Je serai le second,
Fier parrain, sans trembler.

KLÉBER

C'est parfait mon camarade,
Tu verras le sang jaillir,
Viens second, dans la parade,
Tu verras l'homme mourir.

L'ABBÉ PASCAL

Votre adversaire tarde,
L'on pourrait éviter
(Puisqu'il ne se hasarde)
De punir un grossier.

FAUVEL, *entrant*

Vous vous trompez, mon abbé,
Je suis exact à l'affaire,
Et si ça pouvait vous plaire,
Vous verriez ma fermeté.

MARCEAU, *en découvrant l'épaule de Fauvel*

Vous ne pouvez pas vous battre,
Cet homme est déshonoré ;
Voyez ce signe bleuâtre,
La juste loi l'a marqué.

FAUVEL

Je suis Fauvel et tu verras
Que l'on punit la félonie ;
La vengeance, c'est mon génie,
Je te le dis et tu mourras.

CHOEUR

Rions de ce fanfaron,
Laissons crier la démence,
Pardonnons à la violence
D'un homme dans l'abandon.

SCÈNE QUATRIÈME

BEAUGENCY, *entrant avec Geneviève*

A la foule cruelle,
Je viens de l'arracher ;
Car, cette demoiselle,
On voulait l'insulter.

GENEVIÈVE, *en se rapprochant de Marceau*

En toi seul j'espère,
Ah ! sois mon sauveur ;

J'ai perdu mon père,
Défends mon honneur.

MARCEAU

Te défendre, c'est ma pensée,
Je briserais tout l'univers,
Pour défendre ma fiancée :
Dieu, l'enfer, les hommes pervers
Seront punis de cet outrage;
Ma fureur les fera trembler
Et l'on verrait gronder l'orage
Si l'on venait pour te toucher.

GENEVIÈVE

J'aime l'ardeur de ton élan,
Auprès de toi j'ai du courage,
Ah! je vis de ton image
Et je défie mon tyran.

ENSEMBLE

Flamme d'amour divin,
Que Dieu fit pour sourire,
Tu suivras mon destin.
Source de mon délire,
Viens embellir ce jour
Par la joie sincère
De l'ivresse d'amour:
Accepte la prière
De la fidélité,
Dieu, de la chasteté.

L'ABBÉ PASCAL ensemble avec MARCEAU et GENEVIÈVE

Vierge céleste, sublime,
Calme le feu de mon cœur.
Retire-moi de l'abîme,
Inspire-moi ta candeur.

Ah! mon Dieu, mon sort est cruel,
Je vois le châtiment du ciel
Dans la malheureuse aventure,
Qui vient raviver la blessure
De mon amour désespéré,
Pour Geneviève et sa beauté.

KLEBER, LE VOLONTAIRE ET BEAUGENCY

Le peuple Français arrive
Accomplir la grande union;
Avec l'ardeur la plus vive,
Fêtons la libre nation.

Libre peuple de la patrie
Défendons à la tyrannie
De toucher à notre bonheur
Et combattons avec honneur.

(Ils sortent)

SCÈNE CINQUIÈME

(LA FÉDÉRATION)

CHOEUR

Le temps du vasselage,
Enfin, est terminé,
Secouons l'esclavage,
Vive la liberté !

Le droit de l'homme est absolu,
La République le lui donne ;
Son âme clémente pardonne
Aux crimes du noble déchu.

(Beaugency entre, habillé en hussard, la Cantinière et le Volontaire parisien entrent aussi).

BEAUGENCY, la CANTINIÈRE et le VOLONTAIRE PARISIEN, ensemble

Nous sommes des volontaires,
Nous marchons en légionnaires,
Contre nos nobles tyrans ;
L'on verra les anglicans
Et les allemands détestés,
Sous nos armes massacrés.

Quand nous viendrons des combats,
Précédés par la victoire,
Comme de vaillants soldats,
Nous aurons la fière gloire,
D'avoir défendu vraiment,
Avec un courage ardent,
La République chérie ;
Ou la mort pour la patrie
Aura terminé nos jours,
Alors nous vivrons toujours.

KLÉBER, entrant

Les morts pour la nation,
Seront des morts sacrés,
Leurs cœurs sont élevés
Jusqu'à l'abnégation.
Leur souvenir sera toujours,
Conservé par la juste histoire,
Les années suivront leur cours
Sans jamais effacer leur gloire.

(Ils répètent tous ensemble)

(Marceau, Geneviève et l'abbé Pascal, entrent)

MARCEAU, seul

Allons, enfants de la France,
La liberté nous appelle ;
Par cette union fraternelle,
Finira notre souffrance.

TOUS, ensemble

Allons, enfants de la France,
La liberté nous appelle ;

Par cette union fraternelle,
Finira notre souffrance.

L'aurore de ce matin
A vu, du ciel radieux,
Le peuple libre et joyeux,
Devant son brillant destin.

Allons, fuyons la mollesse,
L'ennemi vient aux frontières;
La nation, dans sa détresse,
Fait déployer ses bannières.

Enfants, du pays des guerriers,
Allons, marchons aux combats,
Soyons de vaillants soldats,
Vite élançons nos coursiers.

(Ils répètent et sortent).

FIN DU PREMIER ACTE

(Mais l'on pourra exécuter la *Marseillaise* à volonté)

ACTE DEUXIÈME

SCÈNE PREMIÈRE

(Château de Montoire, seigneurs émigrés, Fauvel, le marquis de Beaulieu, l'abbé Pascal, Geneviève, paysans Vendéens, Kléber, soldats français, volontaires parisiens).

SEIGNEURS EMIGRÈS, chœur

Pour nous, l'Europe entière,
Inondant la frontière,
Combat les séditieux,
Mendiants orgueilleux ;
Ce sera notre gloire
De gagner la victoire.
Pour l'autel et le roi,
Combattons avec foi.
Aujourd'hui, la fiancée
De tout généreux guerrier
Ne sera que son épée,
Sa valeur et son coursier.

LE MARQUIS DE BEAULIEU. entrant

Des armées rebelles,
Attendons les nouvelles ;
Porteur de bon espoir,
Fauvel viendra ce soir.

Dans une matinée,
Ce digne champion,
A pu voir l'armée
Sans paraître un espion ;
Des ennemis féroces,
Connaître tous les plans,
Et les combats atroces,
Livrés par ces paysans.

ENSEMBLE

Par leur méfait horrible,
Sans délai l'on verra
Surgir le Dieu terrible,
Ce Dieu le punira ;
Alors de la vengeance,
Le démon, en riant,
Va rétablir la France
Dans son état brillant.

FAUVEL, entrant

Avec effort et courage,
Je pus franchir le passage
Du premier corps avancé,
Et, sans crainte, j'ai tracé
Le plan que nous devions suivre ;
Mais on ne peut pas poursuivre
Un ennemi si nombreux,
Il est partout victorieux.

LE MARQUIS DE BEAULIEU

La fortune des armes
Leur sourit un instant ;
Cette source de larmes
N'a pas l'amour constant.

ENSEMBLE

Allons, courage, de nos pères
Rappelons l'antique valeur;
Marchons, dispersons les chimères
Du peuple, vil usurpateur,

Ne disons pas nos affaires,
A nos paysans volontaires,
Soutenons leur volonté
A force de fermeté.

(Les paysans vendéens entrent)

LE MARQUIS DE BEAULIEU

La valeur de la noblesse
A gagné plusieurs combats;
Loin de nous toute faiblesse,
Soyons de nobles soldats.

ENSEMBLE

Marchons, marchons en nobles,
Contre ces gens ignobles ;

Marchons, pour les punir,
Bientôt tout va finir.

Leur valeur et leur gloire,
Sont chose dérisoire;
Allons, en vrais champions,
Marchons, marchons, marchons !

(Ils répètent et sortent)

SCÈNE DEUXIÈME

GENEVIÈVE, entrant

Ah ! pourquoi, sort cruel,
De ma noble patrie,
Eloignes-tu son génie
Et les regards du ciel.
Pour la vie de mon père,
A mon pauvre cœur si chère,
Je dois prier tous les jours
Et pour mon amour ? toujours.

(A genoux, prière)

Ah ! mon Dieu, tu vois ma peine,
Sois à mon amour clément,
Donne-moi la paix, enchaîne
Mon ardeur ; sois indulgent ;
Que notre peuple retourne,
Où la paix encore séjourne,
Et que le frère calmé,
Embrasse s›n frère aimé.

LE MARQUIS DE BEAULIEU, entrant

La lutte de la France,
Avec son peuple altier,
Vient de recommencer;
Je vis dans la souffrance,
Pour vos jours, mon seul bien,
Signez, c'est votre hymen.

(En présentant un papier à Geneviève)

GENEVIÈVE

Je voudrais bien vous obéir,
Mais mon cœur ne peut pas mentir,
Je suis à Marceau, fiancée,
Je veux être à lui mariée.

LE MARQUIS DE BEAUDIEU

Ma fille, épouse d'un rebelle !
Serais-tu, donc, assez cruelle
Pour flétrir d'un père l'honneur
Et le nom d'un grand seigneur ?

L'ABBÉ PASCAL, entrant

La lumière de Dieu vous éclaire,
Vous êtes créés pour vous complaire,
Fille et père craignez les remords
Qui vont naître de vos désaccords.

(Ils répètent ensemble)

LE MARQUIS DE BEAULIEU

Soit, je veux bien consentir
Et subir ce mariage ;
Mais par respect pour mon âge,
Ecrivez-lui de venir.

(Geneviève prend une plume et écrit une lettre et la donne à son père, et l'on chante ensemble)

ENSEMBLE

Jour de paix et de bonheur,
Tu va nous donner la vie :
C'est la fin de la douleur
Pour nous et notre patrie.

Nous verrons toujours ensemble
Le peuple et les patriciens :
Et que cet accord ressemble
A l'amour des bons chrétiens.

(Ils répètent et sortent)

SCÈNE TROISIÈME

FAUVEL, entrant

L'instant est arrivé
De quitter la noblesse,
Je serai réservé ;
Et je puis sans faiblesse
Passer à l'ennemi
Avec honneur et joie......
J'aurai c'est vrai trahi,
Mais cet acte me noie
Dans un plaisir charmant.
L'or et la vengeance,
Soucis d'un cœur brûlant,
Sont mes plus chers désirs ;
Je vis dans la souffrance
Pour goûter ces plaisirs.

LE MARQUIS DE BEAULIEU, entrant

Notre fortune brille :
Invité par ma fille,
Marceau viendra ce soir,
Et nous avons l'espoir
De prendre ce modèle
D'amour pur et fidèle.

(Geneviève vient pour entrer, entend son père, fait un geste de désespoir et sort)

ENSEMBLE

Plèbe pour nous fatale,
Ta fureur infernale,
Oubliant nos bienfaits
A créé tes méfaits,

Qui font notre vengeance
Et le bien de la France :
Nous voulons te punir
Et te faire gémir.

(Ils sortent)

SCÈNE QUATRIÈME

GENEVIÈVE, entrant

Mon Dieu, l'homme pervers
Peut-il flétrir l'honneur
Devant tout l'univers,
Sans craindre le malheur
Comme l'a fait mon père ?
Je serais donc traîtresse !
Marceau, mon âme chère
Je maudis la noblesse ;
Je viens auprès de toi,
Ah ! je veux te sauver !
Sois clément envers moi :
A l'honneur du guerrier
Je confie mon âme :
Ah ! mon Dieu c'est atroce !
Découvre-lui la trame
De ce complot féroce.

L'ABBÉ PASCAL, entrant

Ciel je viens de vous voir.
Et vous étiez heureuse :
Vous voilà malheureuse,
Pourquoi ce désespoir ?

GENEVIÈVE

Ami je suis perdue
Mon père m'a vendue :
Lâche par trahison,
J'ai fait sans réflexion
L'erreur trop lamentable,
La faute impardonable,
D'écrire à mon Marceau
De venir au chateau.
On veut trainer cet ange
Prisonnier dans la fange !
Je veux, mon Dieu partir
Le sauver ou mourir.

L'ABBÉ PASCAL

Horrible perfidie !
On y voit l'infamie
De tous les grands seigneurs.
Ah ! c'est trop de malheur !

ENSEMBLE

Dieu protégez l'innocence
Contre la lâche violence,

Accordez-lui cette grâce
De suivre toujours la trace
De la céleste vertu ;
Soyez pour l'homme perdu
Le père toujours clément,
Soyez pour tous indulgent.

L'ABBÉ PASCAL

Partons, partons à son secours,
Dans les bois et dans la campagne ;
Partons, c'est moi qui t'accompagne,
Partons, partons, marchons toujours.

GENEVIÈVE

Partons, partons à son secours,
Dans les bois et dans la campagne,
J'ai donc trouvé qui m'accompagne,
Partons, partons, marchons toujours.

(Ils répètent ensemble et sortent)

SCÈNE CINQUIÈME

Le marquis de Beaulieu, les seigneurs et les paysans vendéens entrent)

CHOEUR

On a fait prisonnier
Un grand chef des rebelles ;
Finissons les querelles,
Punissons cet altier.

Il est donc arrivé,
Le jour de la victoire ;
Nous avons conservé
Nos biens et notre gloire ;
Le peuple usurpateur
Restera notre esclave.
Punissons sa fureur,
Sa fureur qui nous brave,
Par une fermeté
Digne de la noblesse,
Toujours avec fierté,
Jamais avec faiblesse.

(Des paysans vendéens entrent en criant gare, et fuyant poursuivis par l'ennemi ; ensuite entre un sous-officier de volontaires parisiens (La Dugazon) suivi d'un escadron de soldats de la même arme, il fait prisonniers les nobles et les paysans vendéens ; et puis ils sortent, et puis l'on entend de loin et en se rapprochant toujours une musique militaire jouant la *Marseillaise* et enfin Kléber entre à cheval avec ses soldats (chœur) et puis la *Marseillaise* à volonté)

PAYSANS VENDÉENS, entrant.

Gare ! gare ! gare ! gare ! gare !

(Tout le monde est dans la consternation)

SOUS-OFFICIER entrant

Tyrans, assez de larmes,
La victoire est à nous :
A bas, seigneurs, les armes,
La mort ou rendez-vous.

NOBLES ET PAYSANS

Nous nous rendons à la violence,
Triste fureur de la démence ;
Mais jamais vos fades exploits,
Ne pourront renverser nos droits.

LES SOLDATS ensemble

Rions, amis, des nobles :
Mes chevaliers ignobles,
Adieu vos chers amours.
C'est fini pour toujours,

LES NOBLES

Peuple ris de la noblesse,
Ah ! ris de notre détresse ;
Mais un jour pour nous viendra
Où le ciel te punira.

(Ils répètent ensemble et sortent)

Kléber et ses soldats entrent.

CHŒUR

Tout le peuple revendique
Les droits de la République,
Marchons pour la liberté,
L'union, la fraternité ;
Marchons pour la patrie,
Marchons où l'étranger
Rempli de perfidie,
Viendra nous enchaîner.

Fin du deuxième acte, mais l'on pourra exécuter la *Marseillaise* à volonté.

ACTE TROISIÈME

SCÈNE PREMIÈRE

(Intérieur du parloir de la prison du Bouffay à Nantes. A droite, une porte donnant dans l'intérieur de la prison, à gauche une porte servant d'entrée au parloir. Au fond un mur de trois pieds de haut surmonté d'une grille, traverse le théâtre dans toute sa largeur ; cette grille laisse voir un corridor conduisant de la prison au tribunal. Au devant de la scène, une table avec le registre des prisonniers. Geneviève sort de la prison et chante.

GENEVIÈVE

Pourquoi, peuple cruel,
Sur moi pauvre innocente

Punir l'erreur du père ?
Crains le courroux du ciel
Que ta malice tente ;
Sois clément et modère
L'élan de la fureur ;

Ne brise pas ma vie,
Faible comme la fleur,
Combats pour la patrie,
Mais peuple, dans un jour,
Ne brise pas l'amour.

Dieu de l'amour charmant,
A toi mon cœur aimant ;
Marceau, ta bien-aimée
Sans crime est enfermée
Dans un cachot horrible ;
Et la plèbe terrible
Viendra finir son sort
En lui donnant la mort.

Sans toi ma vie finit
Ah ! tu viens mon cœur le dit,
Viens, ah ! viens vers Geneviève,
Viens pour m'arracher au glaive,
Me ravir à ces pervers,
Viens, défie l'univers !

(Elle sort).

(Fauvel entre suivi de Robert, le geôlier, il regarde le registre des prisonniers et chante).

FAUVEL

La providence de Dieu
Faisant droit à ma prière,
M'envoie ici prisonnière
Geneviève de Beaulieu.

La fiancée de Marceau
Pour l'amour a quitté son père
Et s'est enfuie du château,
Mais elle verra ma colère,
En la livrant à la douleur
Je punis Marceau dans son cœur.

(Au gardien de la prison)

Faites venir en ma présence
Les prisonniers de ce matin ;
Je veux les voir avec prudence
Et décider de leur destin.

(Le gardien va ouvrir la porte de la prison et Geneviève et Pascal entrent).

FAUVEL

Vous êtes accusé du crime
D'avoir voulu vous échapper,
Le tribunal qui voit l'abîme
Vous attend pour vous disculper.

GENEVIÈVE

Vous nous voulez coupables
Pour cacher votre fureur ;
Mais vos crimes exécrables
Vous porteront malheur.

FAUVEL

Dans un instant au tribunal,
Vous irez devant la justice ;
Là vous verrez surgir fatal,
Le démon de votre supplice.

(Il sort)

GENEVIÈVE

Devant la justice clémente,
Enfant du peuple et du devoir,
Vous pouvez conserver l'espoir
Qu'elle soit pour vous indulgente.

L'ABBÉ PASCAL

Ah ! si jamais mon âme tremble
C'est d'inquiétude pour vos jours ;
Mais, pour moi, la mort me semble
Le bien céleste pour toujours.

ENSEMBLE

Espérons dans la providence ;
Un jour, pour punir ces félons,
Dieu, peut-être, dans sa clémence,
Voudra finir nos afflictions.
Prions la clémence céleste
D'adoucir notre sort funeste ;
Prions le créateur puissant
De consoler un cœur aimant.

SCÈNE DEUXIÈME

(On entend du bruit devant la porte d'entrée, la porte s'ouvre tout à coup et Marceau et Beaugency entrent).

MARCEAU

Geneviève !

GENEVIÈVE

Marceau !

(Geneviève lui donne la main, ils se regardent un instant sans pouvoir parler, et puis Marceau chante et Geneviève chante ensuite. L'abbé Pascal et Beaugency se retirent du côté droit comme pour ne pas les vouloir déranger et chantent ensemble et puis ils chantent tous ensemble).

MARCEAU

Pourquoi les dieux tutélaires
Ont-ils permis d'outrager,
Par ces infâmes sicaires
L'ange qui doit triompher ?

GENEVIÈVE

Après t'avoir quitté,
J'allais chez mon amie ;
Contre l'iniquité
J'avais sauvé ta vie ;
J'étais alors contente,
Quand vinrent me ravir
A ma joie innocente
Ceux qui me font souffrir.

MARCEAU

Mon Dieu ! pour te défendre,
Je n'ai pas le pouvoir ;
Mais je pourrais te rendre,
Si tu m'aimes, l'espoir.

GENEVIÈVE

Peux-tu douter de ma parole,
Oh ! non jamais ! doute du jour,
Doute de Dieu, toi mon idole,
Ne doute pas de mon amour.

MARCEAU

Mon amie sois mon épouse
Et nous verrons par ce moyen,
Si la perfidie jalouse
Vient te toucher après l'hymen.

GENEVIÈVE

Ma parole ne concerne
Que mon amour éternel ;
Mais la loi qui me gouverne
C'est le pouvoir paternel.

ENSEMBLE

Cherchons dans la prière
A calmer la douleur ;
Prions d'un cœur sincère
Dieu notre créateur.

Dieu tu vois nos souffrances
Protége les malheureux,
Soutiens nos espérances,
Sois pour nous généreux.

L'ABBÉ PASCAL et BEAUGENCY ensemble, avec GENEVIÈVE et MARCEAU

Que Dieu bénisse cette union
De ces deux cœurs faits pour s'aimer ;
Que leur amour, flamme sincère,
Soit béni par la religion ;
Que Cupidon puisse assurer
Leur lien, pur comme la prière,
Dans son adorable séjour
Où pour jamais dure l'amour.

(Ils répètent ensemble et puis Fauvel entre avec des soldats).

FAUVEL entrant, à MARCEAU

Au nom du peuple souverain,
Et du commandant de l'armée,
Vous devez me rendre l'épée ;
Vous me résisteriez en vain...

MARCEAU

J'ai servi ma patrie,
Défendu son honneur ;
J'aurais donné ma vie
Pour faire son bonheur.

Mon épée sans tache
Je puis vous la donner,
Si j'ai fini ma tâche
De citoyen guerrier.

FAUVEL

Pour toi ton honneur parlera
A cette justice sévère,
Qui dans cet instant délibère
Sur ton sort et te répondra.

MARCEAU

Je saurai me défendre,
Et tu verras me rendre
Mon honneur de soldat ;
Plus tard dans le combat
Tu me verras paraître,
Et l'on verra renaître
La gloire des Français
Qui ne mourra jamais.

FAUVEL

Sur toi la fureur d'un homme
Pour se venger se consomme,
Crains le Dieu du méchant
Et crains son vouloir constant,

MARCEAU, GENEVIÈVE, l'ABBÉ PASCAL et BEAUGENCY, ensemble avec FAUVEL

Un homme dans l'innocence,
Ne craint jamais la fureur
D'un traître plein de démence
Et vit content sans terreur.

(Ils répètent ensemble, Fauvel sort en menaçant, et l'Abbé Pascal et Beaugency sortent l'un d'un côté et l'autre de l'autre côté sans se faire remarquer.)

GENEVIÈVE, à Marceau

Quand j'étais seule martyre,
J'ai dû te refuser ma main ;
Mais maintenant je puis te dire :
Marceau ! je suivrai ton destin.

(En lui donnant la main)

MARCEAU

Ah ! toi mon épouse chérie !
Ton amour, l'amour de la patrie,
Feront mon bonheur de soldat
Et ma valeur dans le combat.

GENEVIÈVE

Ce nom de ton épouse
Me rend de tout jalouse ;
Ah ! c'est donc bien réel....
Mon Dieu, je suis au ciel.

(Ils répètent ensemble, l'Abbé Pascal conduit par des soldats traverse la galerie, entend Marceau et Geneviève, s'arrête en faisant signe aux soldats de lui permettre cette halte et chante.

L'ABBÉ PASCAL

Mes enfants j'ai compris vos vœux,
Et je vois vos désirs vertueux ;
Soyez époux, et ma prière,
Ira, pour vous, au ciel j'espère.

(Au premier mot de l'Abbé Pascal, Marceau et Geneviève se mettent à genoux, l'Abbé Pascal les bénit et part, Marceau et Geneviève se lèvent et chantent ensemble)

ENSEMBLE

Par un lien inséparable,
Oh ! mon épouse adorable,
..............époux..............
Le Dieu d'Amour désormais,
Nous a liés pour jamais.

Nous serons toujours ensemble,
Ah ! mon âme est dans l'extase,
Mais pour ce bonheur je tremble :
Par cet amour qui m'embrase,
Mon Dieu dans votre bonté
Protégez-nous dans ce jour.
Contre toute lâcheté
Protégez le chaste amour.

(Ils répètent et puis Fauvel entre suivi par des soldats pour conduire Marceau devant le tribunal, ensuite Kléber entre suivi par des soldats aussi avec l'ordre écrit de Robespierre de laisser libre Marceau pour aller à Paris se justifier)

FAUVEL

Citoyen Général,
Vous devez comparaître
Devant le tribunal ;
Là vous ferez connaître
Vos raisons et vos droits,
Ainsi que vos exploits.

MARCEAU

Fier de mon innocence,
Je veux vous obéir,

Je ris de la violence
Qui vous fera rougir.

GENEVIÈVE

Mon Dieu, pitié de mon martyre,
Rendez-moi mon heureux sourire ;
Défendez mon aimé Marceau
Contre cet horrible bourreau.

FAUVEL

(Faisant signe à Marceau de le suivre)

Assez de paroles,
De raisons frivoles,
Allons suivez-moi,
Au nom de la loi.

MARCEAU et GENEVIÈVE

Adieu pour un instant,
Je me saurai défendre,
— Tu te sauras défendre,
Et je viendrai te rendre
— Et tu viendras me rendre,
La paix d'époux aimant.

(Ils répètent ensemble, Fauvel répète avec Marceau et Geneviève toujours faisant signe à Marceau de le suivre)

SCÈNE TROISIÈME

(Kléber et Beaugency entrent suivis par des soldats)

KLÉBER, à Fauvel

Lisez, voici l'ordre précis
De laisser partir pour Paris,
Marceau citoyen Général :
Le retenir est illégal. (*A Marceau*)
Mon ami je voulais encore,
Pour celle que ton cœur adore,
Etre porteur d'ordre semblable ;
Mais cela n'était pas faisable.

FAUVEL

Je suis dans la souffrance,
Démon de la vengeance,
Pourquoi ne pas surgir ?
Viens donc pour le punir !!!

(Tous ensemble, moins Fauvel qui chante son dernier couplet)

ENSEMBLE

Devant la loi de ma patrie,
ta
Je vais défendre mon honneur,
Tu vas ton
L'honneur de ma femme chérie,
ta
Son innocence et mon bonheur.
ton

Lorsque je serai de retour,
tu seras
Porteur de la douce nouvelle ;
Alors dans l'ivresse d'amour
Que le Dieu clément nous rappelle
vous
Les services de nos amis
vos
Et le pardon des ennemis.

(Ils répètent)

FIN DU TROISIÈME ACTE

ACTE QUATRIÈME

SCÈNE PREMIÈRE

(Au fond de la scène une colline, traversée dans le milieu par une route. Sur la colline, le camp français du général Marceau, l'on est en Vendée, ses soldats ont dressé leurs tentes et l'on a mis les fusils en faisceaux. A droite et au devant, la tente de la cantinière. Devant la scène, une plaine ; le jour commence, on voit le soleil se lever. La Cantinière, Beaugency en officier de hussards, le volontaire parisien (Dugazon) en officier, soldats français, Marceau, Kléber, l'Abbé Pascal, Geneviève)

(La Cantinière sort de la tente préparant de la salade)

LA CANTINIÈRE

La guerre est un plaisir ardent.
La vie de la cantinière
Se passe dans le changement ;
Un jour l'on est dans la bruyère,
Le lendemain sur un plateau,
Mais l'on couche toujours parterre,
Parfois, dans un joli château ;
Mais c'est charmant, vive la guerre,
Le changement c'est le plaisir :
De loin l'on voit briller l'armée,
Et l'on voit le guerrier mourir.
Brandissant toujours son épée

BEAUGENCY, *entrant*

Chère fille de l'amour,
La candeur dans ton visage,
A fait choix de son séjour
Pour embellir ton image.

Ah ! mon cœur épris palpite
En pensant à ta beauté ;
Sois bonne, ma belle, imite
L'amour et la charité.

LA CANTINIÈRE

Je ne suis pas méchante,
Je suis bonne et constante ;
Je suis là pour soulager
La souffrance du guerrier.

BEAUGEN

Sur la colline
De bon matin,
La brise est fine
Le ciel serein :
La tourterelle
Passe le jour
Toujours fidèle,
Faisant l'amour.

(La Cantinière répète le même couplet et puis ils répètent ensemble et sortent par la route de la colline)

SCÈNE DEUXIÈME

(L'on entend des coups de fusils au loin, le tambour bat aux armes, le volontaire parisien sort ainsi que les soldats prêts à partir pour le camp, ensuite Beaugency et la Cantinière sortent aussi disposés à partir)

LE VOLONTAIRE PARISIEN, tirant l'épée :

Allons, l'ennemi s'avance :
Aux armes, vaillants soldats !
Avançons pleins de constance,
Allons, Français, aux combats.

(La cantinière et Beaugency entrent et chantent tous ensemble)

CHOEUR

Allons aux combats pour la patrie,
Marchons contre la tyrannie ;
Allons, défendons pour jamais
La gloire du peuple Français.

Quand nos enfants seront en âge
De comprendre la liberté,
Ils seront fiers de l'héritage
Que leurs pères leur ont laissé.

Alors, ces fils de la victoire.
Enfants d'une libre nation,
Vivront dans l'amour de la gloire,
D'un peuple libre et de l'union.

(Ils sortent)

SCÈNE TROISIÈME

(Marceau entre, descendant de la colline et très triste)

MARCEAU

Je suis dans les combats heureux,
Alors que pour la voir encore
Je veux pour elle que j'adore,
Mourir, mais en soldat glorieux.

Pur objet de ma tendresse
Pourquoi fuir ce séjour !
Toi, de mon âme déesse,
Pourquoi fuir mon amour ?

Pour avoir au ciel une reine,
Le créateur, le Dieu puissant,
A voulu briser cette chaîne
Qui te liait à ton amant.

Mais au ciel, près de toi, ma chère,
Par ta céleste pureté,
Je viendrai bientôt, je l'espère,
Aux pieds de ta chaste beauté,

KLÉBER, entrant

Pour te consoler, mon ami,
J'ai quitté le fracas des armes ;
Pour venir essuyer tes larmes,
J'ai laissé fuir l'ennemi.

MARCEAU

Si dans l'immuable amitié
Mon cœur pouvait encore vivre,
Ranimée par ta pitié,
Ma vie pourrait alors suivre
Son cours, sans craindre la douleur ;
Mais on m'a ravi mon cher ange,
Le sort a brisé mon bonheur
Par cette catastrophe étrange,

J'avais une épouse chérie
Que j'aimais comme ma patrie ;
Des hommes sans nom et méchants
Me l'ont ravie en mécréants
Pour savourer une vengeance,
Sans raisons, au nom de la France.
Maintenant je suivrai mon sort,
Je suis perdu, je veux la mort.

KLÉBER

Marceau, retourne à ta gloire,
Songe encore à la victoire,
Ne pense pas au trépas :
La patrie veut ton bras.

ENSEMBLE

Je serai l'homme du devoir,
Tu seras
Je braverai mon désespoir,
Tu braveras ton
L'on ne me verra jamais lâche,
te
Ma vie finira sans tache,
Ta
Mais je finirai mon tourment
Et tu finiras ton
En accomplissant mon serment.
ton

(Ils répètent et sortent)

SCÈNE QUATRIÈME

(Le volontaire parisien suivi d'un escadron de soldats volontaires parisiens et Beaugency suivi d'un escadron de hussards entrent, et puis la cantinière entre aussi)

BEAUGENCY et le VOLONTAIRE PARISIEN, ensemble

Le triomphe est achevé,
Et pour cette fois encore,
Notre drapeau tricolore,
Dans le camp est élevé.

(La cantinière entre et donne à boire aux soldats)

CHOEUR

Buvons, buvons. vive la guerre,
Vive l'amour et la beauté :
Si le soldat couche par terre,
Il jouit de la liberté.

En garnison l'on fait la garde
Aux vieux soldats, aux gros galons,
Mieux vaut entendre la bombarde
Que végéter chez des grognons.

Allons, allons, allons boire
En l'honneur du Général ;
Buvons, buvons à la gloire,
Buvons à l'élan martial.

SCÈNE CINQUIÈME

(On porte sur un brancard Marceau blessé à mort, en même temps Fauvel entre poursuivi par des soldats)

FAUVEL

Je suis un libre citoyen,
Pourquoi me cherchez-vous querelle ?
Vous avez un mauvais moyen
Pour découvrir le vrai rebelle.

LES SOLDATS

C'est vous l'infâme traître,
L'assassin de Marceau ;
Vous allez comparaître
Au tribunal, mon beau.

(On le fait sortir de force en le traînant)

MARCEAU

Brillant de l'honneur militaire,
Enfin j'ai trouvé mon bonheur :
Ma pauvre vie solitaire
A fini ce jour sa douleur,

Au ciel je viens, oh ! ma belle,
Pour toujours auprès de toi ;
Si la vie nous fut cruelle :
Pour ton amour et ta foi
Au ciel, je viens ma chérie,
Honoré par ma patrie.

CHOEUR

Ame vaillante et vertueuse,
Retourne au créateur heureuse,
Grand soldat à jamais fidèle,
Du courage français modèle,
Va dans le céleste séjour,
Où t'appelle le chaste amour
D'un ange pur, immatériel ;
Esprit sublime, vole au ciel.

L'ABBÉ PASCAL, entrant

Ami, chère âme innocente,
Par votre valeur ardente
Vous avez été blessé,
Vous, du peuple bien-aimé.

MARCEAU

Ne me plains pas de mon sort,
Je vais, ami, la revoir ;
Au camp j'ai cherché la mort,

Pour finir mon désespor :
La mort accomplit mon rêve :
Dans l'amour et la tendresse,
Au ciel, près de Geneviève,
Je vais vivre dans l'ivresse.

L'ABBÉ PASCAL

Mais si celle qui t'adore,
Par la volonté du ciel,
Ne se trouvait pas encore
Dans le séjour éternel ?

MARCEAU

Alors, mon Dieu, je veux vivre.
Qu'a jamais l'amour m'enivre ;
Mon épouse viens à moi,
Ah ! viens couronner ma foi,

GENEVIÈVE, entrant

Marceau, mon époux, ma vie,
J'ai bravé la tyrannie
Pour voir briller ce jour
Et jouir de ton amour.

ENSEMBLE

Plus au ciel je ne demande
Que de vivre près de mon bien.
Ton amour seul me commande :
Cet amour est mon soutien.

Que jamais notre cœur ne tremble ;
Mais pour toujours, toujours ensemble,
Dans un paradis nous serons,
Et de notre amour nous vivrons.

CHŒUR

Jour à jamais heureux !......
Cupidon doit sourire,
D'un si charmant délire ;
Mon Dieu sois généreux,
Ne brise pas le cœur
De deux âmes chéries,
Conserve ces deux vies
A leur chaste bonheur.

MARCEAU, tombant

Ah ! trop tôt la mort !!!

GENEVIÈVE

Ah ! funeste sort !!!

(Marceau tombe mort, et Geneviève le voyant mort prend un poignard, se frappe et tombe morte sur Marceau. L'abbé Pascal s'approche des deux cadavres, les regarde et puis se met à genoux et chante : tout le monde se met à genoux en silence et puis ils chantent tous ensemble)

L'ABBÉ PASCAL

Juste Dieu dans ta clémence,
Accepte d'un cœur fervent
Le désir plein d'innocence :
Sois à leur sort indulgent.
Ange pur, ma bien-aimée
Que Dieu créa pour l'amour,
Vole au ciel et ma pensée
Te suivra dans ce séjour.

Près de Dieu (par ta pitié)
Tu vivras pleine des charmes ;
Pense alors à l'amitié
A mon amour, à mes larmes.

Viens dans ta forme céleste,
Viens consoler la douleur
Que me fit un sort funeste ;
Viens calmer mon pauvre cœur.

CHŒUR.

Sur le champ d'honneur, ô Marceau,
Tu viens de trouver ton tombeau,
Enfant du peuple et de la France,
La mort a brisé ta vaillance ;
Mais ton nom sera pour jamais
Adoré du peuple Français,
Ton amour, tes combats, ta gloire,
Seront célébrés dans l'histoire,
Tu vivras pour toujours aimé,
Cœur vaillant, soldat estimé ;
Ta vie entière revendique
Tout l'amour de la République.

ACTE CINQUIÈME

SCÈNE PREMIÈRE

(La place du Panthéon à Paris, à gauche et à droite de vastes tribunes publiques remplies de spectateurs des deux sexes agitant des drapeaux tricolores. Sur la place des soldats faisant la haie là où le cortége doit passer. Un escadron de cavalerie traverse la scène comme avant-garde, la musique militaire passe, ensuite vient le général Bonaparte accompagné de son état-major et d'une compagnie de soldats ; puis vient le corps de Marceau porté par quatre hussards et entouré d'officiers à la tête desquels est Kléber ainsi que l'abbé Pascal ; la marche est fermée par un corps de volontaires parisiens : au lever du rideau les tribunes sont pleines, (chœur) ensuite passe l'avant-garde, le cortége (marche funèbre avec la musique militaire) et puis le corps de Marceau est déposé au milieu de la scène ; Kléber chante, et puis l'on chante tous ensemble)

CHŒUR

Grand général sur ta tombe,
Comme la douce colombe,
Les enfants de la patrie
Viendront couronner ta vie
D'un souvenir immortel :
Alors tu verras du ciel
Sur ton tombeau de guerrier
Une couronne briller.

Enfants d'une libre nation,
Allez où l'honneur vous appelle,
Allez venger notre champion
De sa fin glorieuse et cruelle.

(Le cortége passe, la musique seule joue la marche)

KLÉBER

Grande âme d'un noble soldat
Tombé glorieux dans le combat,
Ta valeur à jamais héroïque
Te rend chère à la république.

Esprit divin, esprit d'amour,
Grand héros chéri de la France,
Vole au ciel et dans ce séjour
Tu verras finir ta souffrance.

Reçois, sainte vierge clémente,
Dans ton séjour d'amour divin,
Le baiser d'une âme innocente
Qui vient d'accomplir son destin.

CHOEUR

Devant ta mort qui nous chagrine,
Grand guerrier de la liberté,
Le peuple Français s'incline,
Pleure ton sort immérité.
Recouverte par l'étendard
Aux couleurs de notre patrie.
Qu'avait protégé ton regard,
Ta dépouille fière et chérie
Sera mise dans le tombeau ;
Mais l'histoire toujours fidèle,
Redira le nom de Marceau
Et sa gloire et sa fin cruelle,

Ton nom sacré par ton martyre,
Marceau, ne périra jamais ;
Mais ton amour et ton sourire
Vivront toujours chez les Français.

APOTHÉOSE

ERRATA

Page 6 : Dresser. — Lisez : *Dressez.*

Page 10 : Le punira. — Lisez : *Les punira.*

Page 11 : Grand. — Lisez : *Noble.*

Page 12 : Tu va. — Lisez : *Tu vas.*

Page 13 : Vendue. — Lisez : *Rendue.*

Page 16 : La fureur. — Lisez : *Ta fureur.*

www.ingramcontent.com/pod-product-compliance
Ingram Content Group UK Ltd.
Pitfield, Milton Keynes, MK11 3LW, UK
UKHW020520230726
13925UKWH00005B/2203

9 782019 261085